Bibliographische Informationen der Deutschen Nationalbiliothek

Die Deutsche Nationalbibliothek verzeichnet diese Publikation in der Deutschen Nationalbiographie, detaillierte bibliografische Daten sind im Internet über http://dnb.nb.de. abrufbar

Herstellung und Verlag

BoD - Books on Demand, Norderstedt

ISBN 978-3-7494-5950-6

www.karin-goller.eu

Ein Traum – ein Ziel – das Schreiben

Detektivgeschichte von Karin Goller

…wird Norbert – der Detektiv zusammen mit seinen
Freunden das Rätsel … lösen können???

Karin Goller

Norbert – der Detektiv

Norbert und sein Freund Christian warten
sehnsüchtig auf den Schulschluss.

Norbert grinst.

„Noch eine halbe Stunde und dann haben wir
endlich

F e r i e n,"

flüstert er leise.

Ja, zwei Wochen Ferien liegen vor
ihnen.

Und da schrillt auch schon die
Schulglocke.

Aufgeregt wollen alle auf einmal durch die Tür ins
Freie drängen, doch Frau Hartmann, ihre Lehrerin,

verabschiedet jeden einzelnen und wünscht spannende Ferien.

Florian, der Bruder von Norbert, gesellt sich auf dem Schulhof zu ihnen.

Norbert sagt: „Bis heute Nachmittag in unserer Hütte. Wir haben einiges zu besprechen."

Norbert, Florian und Christian wohnen in einem kleinen Dorf auf der Schwäbischen Alb. Es gibt hier viele Burgen, Burgruinen und Schlösser die von Geheimnissen so strotzen. Schauplätze für unsere Detektive. Außerdem gibt es alte Stollen, Höhlen, auch Tropfsteinhöhlen.

Mal sehen, was die Freunde so alles in ihren Ferien erleben.

Norbert, ein hoch auf geschossener Junge, weiß
nie genau was er mit seinen Händen und Beinen
anfangen soll. Ständig sind sie ihm im Weg.

Er hat blonde Haare, die ihm in die Stirn fallen,
blaue Augen und eine Menge Sommersprossen
und hat immer gute Laune.

Er ist erster Detektiv des Clubs, in der Lage, Dinge
und Ereignisse miteinander zu kombinieren und
die richtigen Schlüsse zu ziehen, denn er ist mit
einem fantastischen Gedächtnis ausgestattet, und
so gelingt es ihm, unter schwierigsten Umständen,
die Wahrheit zu ergründen.

Florian, sein Bruder, ist zweiter Detektiv. Er ist
eher noch etwas größer als Norbert, und ein
unheimlich guter Computerfachmann. Oft packt
ihn das Grausen, wenn Norbert ihn wieder einmal
unter Druck setzt. Er ist zuständig für Recherche
und Archiv.

Auch Florian ist blond und hat blauen Augen.
Doch seine Sommersprossen kann man eher
zählen.

Christian, der dritte Detektiv, ist stämmig und ein guter Sportsmann. Er ist ein ruhiger, sehr belesener Junge, doch man sollte sich nicht von ihm täuschen lassen, sondern auf der Hut vor ihm sein.

Er sagt von sich: „Ich bin nicht dick, ich bin nur zu klein für mein Gewicht", und grinst die anderen an.

Außerdem gehören noch Katrin und Jasmin dazu.

Katrin hat rote, lange Haare, die sie zu einem Pferdeschwanz zusammen bindet, der lustig auf und ab wippt. Auch sie hat blaue Augen.

Jasmins Haare sind zu einem Bob geschnitten und dunkelblond, ihre Augen sind grün. Sie trägt eine rote Brille mit großen, runden Gläsern.

Auf dem Gütle von Norberts Eltern, in der alten Hütte, befindet sich ihr B ü r o.

…das Büro ihres D e t e k t i v – Clubs.

Einen Namen dafür hatten sie noch nicht…

In ihrem Büro standen ein uralter Schreibtisch, Stühle und ein Aktenschrank.

In einem Ordner war die Liste mit den Mitgliedern abgeheftet:

Auf der Liste vermerkt waren der

Name des Detektivclubs

Name   Geheim-Name Spezial-Gebiet Alter
Unterschrift

Erster Detektiv   Norbert ……

Superhirn/Denksport…..

12 Jahre……

Zweiter Detektiv   Florian ………

Recherche – Archiv…….

11 Jahre

Dritter Detektiv   Christian…….

                          Sportsmann……

                          12 Jahre………

Mitglieder: Katrin…12 Jahre…

                          Jasmin…12 Jahre…

Auf dem Detektivausweis standen der Name des

Detektivclub…..N C F

wir übernehmen j e d e n Fall

und…   Unterschrift des Detektivs…

Dann fehlten noch der Detektivstempel sowie ein Stempelkissen…

…ein Logo – vielleicht eine Lupe?

Das Logo kann man mit einem Stift auf ein Radiergummi auftragen und dann ausschneiden und…fertig ist ein Stempel…

Sie entwarfen ihre Formulare selbst, z.B.

Tatort Protokolle.

Was ist geschehen? Wo ist es geschehen?

Wann war die Tatzeit? – Datum – Uhrzeit –

Wer ist das Opfer? Wer ist Zeuge?

Wie ist der Täter vorgegangen?

Womit wurde die Tat verübt?

Was ist das Motiv?

Am Tatort hinterlässt der Täter Spuren…

eine verräterische Fußspur…ein benutztes Wasserglas…Einbruchspur an der Tür…Kaugummipapier

Die genaue Lage der Spur ist wichtig, an jede Spur eine kleine Karte mit einer Nummer, Foto legen und eine genaue Skizze erstellen.

Tatort Skizze

Ort – Datum – Uhrzeit

Mit der Lupe genau die Spur anschauen – den Weg
des Täters verfolgen – Tatort markieren – und den
Standort und die Aussagen der Zeugen festhalten,
selbst auf Kleinigkeiten, die stutzig machen, achten
– wo stimmt etwas nicht und was steckt vielleicht
noch dahinter…

Mit einem Drucker stellten sie ihre Formulare
selbst her.

Der Ordner enthielt säuberlich vorgefertigte
Protokolle, die sie hoffentlich einmal mit allen von
ihnen aufgeklärten Fällen ausfüllen könnten. Ein
Telefon, ein kleines, aber sehr taugliches Labor und
eine Dunkelkammer vervollständigten das Büro.

In dem Ermittlungskoffer, der griffbereit neben
der Tür stand, befanden sich alle Utensilien, die ein
Detektivbüro so brauchte:

Fingerabdrucks-Pulver, Pinsel, Lupe, Klebefolie,
Plastiktüten und -handschuhe, Bleistift und Block,
Markierungskreide, Pinzette, Schere, Fernglas,

Kompass, Mikroskop,
Fotoapparat,
Taschenlampe,
Metallsucher.

Die Tarnkleidung hing an
einem Haken hinter der
Tür.

Doch halt…etwas fehlte noch…

Ein Tresor…

den man nur mit einem
dreistelligen Zahlencode
öffnen konnte. Bei
unbefugtem Zugriff jedoch
gab er eine Warnung ab. In
dem Tresor befanden sich außerdem noch: ein
Nachtsichtgerät, ein mobiles Alarmsystem, ein UV-
Stift mit Geheimtinte, eine LED-Brille mit
ausklappbarem Visier für Ermittlungen im
Dunkeln, außerdem Briefpapier und ein

Kugelschreiber mit Geheimfach mit dem man verschlüsselte Nachrichten weitergeben konnte.

Ein großes Schloss mit einem Geheimcode verhinderte, dass jemand Unbefugter in das Büro eindringen konnte. Ein Alarm, durch einen Bewegungsmelder, erschwerte ebenfalls den Zutritt zu ihrem Büro.

Die Jungen nahmen ihre Detektivarbeit sehr ernst.

Wenn sie gerade nichts zu tun hatten, beschäftigten sie sich mit Detektivtraining z.B. mit

…dem Schnüffeltraining:

sie stellten kleine Filterdosen oder verschließbare Plastikbecher auf. In diese Behälter wurden verschiedene Düfte geschüttet, wie Kaffee, Tee, Essig, Seife, Zitrone…jeder musste nun raten, was in diesen Behältern versteckt war. Nicht immer wurde das Rätsel gelöst.

oder…

sie legten Erbsen, Sand, Münzen, Streichhölzer oder Alupapier in die Behälter und dann wurde geschüttelt und geraten.

Außerdem war das Tasttraining sehr beliebt…

Hierzu wurden die Augen verbunden. Auf den Tisch wurden verschiedene Sachen gelegt, eine Büroklammer, ein Korken, ein Schlüssel, eine Kerze usw.

So etwas konnte sich natürlich nur ein Superhirn ausdenken.

Norbert, der erste Detektiv, verbrachte einen Großteil seiner Freizeit in der Zentrale mit Überlegungen zu den vielleicht kommenden Fällen. Das war Denksport für sein Superhirn. Er war stolz auf seine Gabe, logische Schlussfolgerungen ziehen zu können.

Norbert schaute nicht auf, er grübelte weiter. Es würde bestimmt bald einen neuen Fall geben, an dem sie arbeiten konnten, denn eigentlich mussten sie über kurz oder lang wieder etwas zu tun bekommen.

Das Telefon klingelte. Norbert saß im Büro und wartete auf die anderen. Er arbeitete am PC. Eigentlich war das die Aufgabe von Florian. Einige Dateien mussten dringend aktualisiert werden. Ihr letzter Fall lag zwar schon eine Weile zurück, doch

war der Bericht noch nicht notiert und es gab
nichts Schlimmeres, als still und untätig dazusitzen
und seinen Verstand der Leere der vergeudeten
Zeit hinzugeben. .

Sie hatten einen Mitschüler auf frischer Tat
ertappt. Er hatte von Norbert und Katrin nicht
nur Schulsachen, wie Bleistift, Radiergummi und
Buntstifte entwendet, nein auch Vesperbox und
Trinkflasche waren verschwunden.

Wie der Fall ausging? Schaut einfach einmal in das
Buch… Norbert - der Lausbub…

Florian machte sich in letzter Zeit jedoch ziemlich
rar, schob die Arbeit immer wieder weiter vor sich
her. Er hoffte wohl darauf, dass Norbert die Arbeit
übernehmen würde, sodass er in Zukunft davon
befreit würde. Nun, damit lag er gar nicht so
falsch. Es klingelte schon wieder. Genervt hob
Norbert schließlich ab. Es könnte ja etwas
Wichtiges sein. Als er endlich abnahm, ertönte das
Freizeichen. Der andere Teilnehmer hatte wohl

aufgelegt. Als es ein drittes Mal klingelte nahm Norbert sofort ab.

„Habt ihr Lust auf einen kleinen Ausflug?", fragte sein Vater.

„Wohin?"

„Das ist ein Geheimnis", lachte der Vater ins Telefon.

„Ja klar", erwiderte Norbert. „Ich muss nur noch die anderen erreichen, dann kommen wir sofort", versprach er.

Florian und Christian kamen gerade durch die Tür und so erzählte Norbert ihnen gleich von dem Ausflug mit dem Vater.

„Geheimnis klingt spannend", sagte Florian und auch Christian nickte zustimmend.

So schwangen sie sich auf ihre Fahrräder und fuhren los.

Die Eltern warteten schon und los ging die Fahrt.

„Wohin fahren wir?", wurde der Vater bedrängt.

Der lächelte jedoch nur in sich hinein. Nach einer kurzen Fahrzeit hielt er bei einer kleinen Gruppe, die wohl einer Führerin lauschte.

„Oh, eine Führung", klang es enttäuscht von der Rückbank des Autos.

Der Vater lachte.

„Was habt ihr Euch denn vorgestellt? Wartet doch einfach einmal ab", schmunzelte er.

„Echten Spuk, Gespenster, die uns Hallo sagen usw. . Das wäre doch einmal etwas anderes. Schließlich haben wir Ferien", murrte Norbert.

Sie stiegen aus und folgten der kleinen Gruppe.

„Früher standen Häuser hier, heute sind es Pferdeställe", erzählte die Führerin gerade. Sie hatte sich als Elise vorgestellt.

„Dort zum Beispiel. Dieses kleine Haus ist noch bewohnt. Die Familie lebt seit Generationen hier und sie sind als Geisterbeschwörer bekannt", erzählte Elise weiter.

„Wird vielleicht doch noch ganz spannend",
flüsterte Norbert.

An der schmalen alten, verwitterten Holztür hing
ein großer Klopfer. Dieser wurde von Elise
betätigt. Dumpf hallte es wieder.

Eine große, hagere Frau, ganz schwarz gekleidet,
mit einer roten, wilden Lockenmähne, öffnete.

Ohne dazu aufgefordert zu sein, erzählte sie:

„Es gibt hier einen unterirdischen Tunnel. Dieser
verband früher die Häuser und reichte bis hinüber
zu dem Kloster. Diese Häuser gehörten zum
größten Teil reichen Leuten. Das Gesinde wohnte
in alten, zugigen und halb verfallenen Schuppen."

Sie redete so schnell, dass niemand so recht ihren
Ausführungen folgen konnte.

„Unsere Vorfahren", so fuhr sie fort, „feierten
gerne im Tunnel Feste. Die beschworenen Geister
blieben hier...und geistern immer noch dort unten
herum."

Sie kicherte. Das klang so scheppernd, dass es
Christian ganz kalt den Rücken hinunterlief.

Dann erzählte sie weiter:

„Die Dienstboten, die zwischen den reichen Leuten hin und her geschickt wurden, bekamen einen Riesenschreck, wenn da unten wieder einmal eine Party der Geister stattfand. Noch heute wispern, singen und pfeifen sie, sogar das Heulen hört man noch."

Sie erzählte noch von einer Wahrsagerin.

„Emily hatte die Kombination des Safes ihres verstorbenen Mannes herausgefunden. Doch der hatte sie kurz vor seinem Tod geändert. Sein Buch lag noch auf dem Nachttisch. War da wohl die Kombination vermerkt?"

Plötzlich hörte Norbert aufmerksam zu.

Er hörte von einer Chiffre, die wohl in einem Koffer lag, der verschwunden im Tunnel lag. Wenn man den Koffer öffnen konnte würde man den verborgenen Schatz finden.

Über solche plumpen Versuche, Nachrichten geheim zu halten, konnte Norbert jedoch nur schmunzeln. Er würde die Nachricht entschlüsseln können, doch zunächst musste er natürlich das Buch finden. Der Ausflug fing an, spannend zu werden

Florian erschauderte, doch Norbert unterdrückte ein Gähnen.

Dann gingen sie weiter.

Aus einem der Pferdeställe schaute ein Wallach,

mit einer   weißen
Blesse auf der Stirn, heraus. Er ließ sich von Norbert streicheln.

Durch eine SMS, die sie gleich lesen wollte, ließ Elise die Gruppe nur kurz aus den Augen und so bemerkte sie nicht, dass sich Norbert von der Gruppe entfernte.

Norbert hatte etwas Interessantes gehört und er wollte unbedingt das Buch finden. Er freute sich schon darauf, die Chiffre zu enträtseln.

„Wohin führt wohl die Tür neben dem kleinen Haus? Vielleicht in den Tunnel?", fragte er sich.

Er verspürte ein Kribbeln und er hatte Lust auf eine Extra Tour.

So schlüpfte er durch die Tür und begann mit dem Abstieg auf den ausgetretenen Stufen. Die Wände waren feucht und von unten kam ein modriger Geruch. Er nahm sein Handy und schaltete die Taschenlampenfunktion ein. Die Treppe landete in einem langen Gang, der sich zu beiden Seiten öffnete. In der Ferne leuchtete eine Deckenlampe, die an einer Leitung hin und her pendelte. Der Boden war sehr uneben. Norbert lauschte.

„Gab es hier wirklich noch Geister?", überlegte er.

„Ach Quatsch", beruhigte er sich selbst.

Da begann es unter seinen Füßen leicht zu beben und er hörte in der Ferne ein Rattern. Kurz blitzte ein Licht auf und dann begann ein Heulen. Es klang wie Menschenstimmen. Sie jammerten und klagten in einer Sprache, die Norbert nicht verstand. Langsam bekam er eine Gänsehaut. Er hätte es jedoch niemals zu gegeben. Die Geistergeschichte war doch nur erfunden, deshalb konnte es nicht wahr sein, dass er die jammernden Stimmen hörte. Hier gab es doch bestimmt niemanden aus dem Jenseits.

Plötzlich sah er sie...

...die Lady. Sie trug ein weißes Gewand und suchte noch immer ihren Sohn. Ihr Freund, ein reicher, russischer Offizier. wurde verdächtigt, das Kind kurz nach der Geburt, mit in seine Heimat genommen zu haben. Es gab jedoch keine Beweise. Ihr Geist spukte noch immer durch den Tunnel. Sie sang Wiegenlieder.

Norbert wollte nur noch weg, wieder zurück zu den anderen nach oben.

In diesem Moment fiel die Tür mit einem lauten Knall zu....

Und er war gefangen...

Norbert zückte sein Handy, doch er hatte hier unten keinen Empfang und das Licht des Handys wurde immer schwächer. Er geriet in Panik. Hastig lief er die Stufen wieder hinauf, rüttelte an der Tür, sie ließ sich nicht öffnen. Er rief die Namen seiner Eltern. Doch nur ein Echo schallte zurück. Die Geister antworteten höhnisch lachend.

Norbert war gefangen.

Inzwischen hatten auch seine Eltern das Verschwinden Norberts bemerkt. Sie kehrten ein Stück zurück und riefen immer wieder seinen Namen. Sie machten sich große Sorgen. Doch sie fanden ihn nicht.

Inzwischen lief Norbert wieder die Treppen hinunter. Das Licht seines Handys schien bald zu Ende zu gehen. Unten angekommen sah er wieder die schwankende Lampe am Ende des Ganges. Er lief weiter in den Gang hinein, immer begleitet von dem höhnischen Gelächter der Geister. Ihm war kalt. Es gruselte ihn, auch wenn er das n i e zugeben würde.

Er lief in einen großen runden Raum und schaute sich neugierig um. Hier standen alte Steintische und -bänke. Darüber sah er kleine Fensterscheiben, die nur wenig Licht hereinließen. Spinnweben hingen überall und Norbert musste sie sich aus dem Gesicht und den Haaren streichen.

Langsam drehte er sich einmal im Kreis und da…

…da entdeckte er eine Holzleiter, die nach oben führte. Aber wo genau führte sie hin?

Langsam erklomm Norbert eine Stufe nach der anderen und entdeckte dann…eine Falltür.

Vorsichtig drückte er gegen die Tür und zu seiner Überraschung ließ sie sich öffnen. Er stieg wieder eine Stufe höher und drückte weiter… und ein leises Wiehern verriet ihm, dass er wohl bei dem Pferd herauskommen würde.

Schon hörte er die Stimme seiner Mutter, die nach ihm rief. Schnell stieg er weiter hinauf. Dann schloss er die Luke wieder und lief zu seinen Eltern. Seine Mutter schloss ihn erleichtert in ihre Arme, doch die Strafpredigt blieb nicht aus. Norbert jedoch schaute sie wieder nur mit seinem berühmt, berüchtigten Lächeln an.

„Wo bist du gewesen?", fragten Florian und Christian.

„Das erzähle ich euch im Büro", erwiderte Norbert geheimnisvoll.

Er hatte ganz vergessen, welche Angst er noch vor einigen Minuten gehabt hatte.

Jetzt verfolgte Norbert die Ausführungen Elises mit Aufmerksamkeit. So erfuhr er noch einiges über die verzweigten Tunnel unter der Erde.

Die Teilnehmer verabschiedeten sich mit viel Beifall und einem großzügigen Trinkgeld von Elise.

„Na, wie war es?", fragte der Vater schmunzelnd.

„Norbert, Du hast doch sicher schon wieder etwas Ungewöhnliches erlebt? Wo hast Du gesteckt?"

Der Vater sah Norbert an, dass er nur ungern über sein Erlebnis reden wollte und sich etwas schauderte.

So fuhren sie noch in eine Eisdiele und jeder bekam ein großes Eis zum Abschluss dieses ereignisreichen Tages.

Norbert, Florian und Christian fuhren noch in ihre Hütte – in ihr Büro.

Diese Hütte lag inmitten von Obstgärten, nicht weit entfernt. In dieser Hütte wurden ein Tisch, Stühle und eine Bank aufbewahrt. In einer Ecke standen die Gartengeräte, denn auf dem Gütle wuchsen Äpfel, Birnen, Quitten, Johannis- und Stachelbeeren.

Dieses Obst verarbeitete Norberts Mutter zu Marmelade oder sie gefror es ein. Die Mutter hatte auch viele Blumen gepflanzt, denn die liebte sie besonders. Ein kleiner Bach durchfloss das Grundstück. Hier fühlten sich Fische, Frösche und sonstige Kleinlebewesen wohl. Es war ein Platz zum Träumen.

Heute jedoch schien die Sonne vom wolkenlosen Himmel herab und so beschlossen Norbert und seine Freunde, sich erst einmal im Bach abzukühlen.

Und hier, hier hatten Norbert und seine Freunde sich ihr Büro eingerichtet. Ihr Detektivbüro…

Sie hatten eine Trennwand in den hinteren Teil der Hütte gezogen, mit einer extra Tür.

Hier erzählte Norbert von seinen Eindrücken unten im Tunnel. Er ließ sich jedoch nicht anmerken, wie ängstlich er teilweise gewesen war.

„Wir werden noch einmal zusammen den oder die Tunnel erforschen", versprach er vollmundig.

„Mal sehen, was es da alles zu entdecken gibt."

Sie verabredeten sich für den nächsten Tag, früh morgens.

Am anderen Morgen schien die Sonne wieder heiß vom wolkenlosen Himmel.

„Ja, heute können wir endlich schwimmen gehen, " sagte Florian und seine blauen Augen leuchteten oder sollen wir bei dem schönen Wetter wirklich in die Unterwelt eintauchen oder doch lieber ins Freibad gehen?", fragte er.

„Wenn alle im Freibad sind, dann wird uns da unten niemand stören", widersprach Norbert.

Also nahmen sie wieder ihre Fahrräder und fuhren zu dem Stall, indem sie das Pferd gesehen hatten, denn da war ja die Eingangs- bzw. Ausstiegsluke zu dem Tunnel. Ihre Fahrräder ließen sie ein wenig entfernt zurück.

Das Pferd wieherte leise, als die drei den Stall betraten, so als freue es sich, wieder ein paar Streicheleinheiten zu bekommen. Norbert sprach leise auf es ein. Dann öffneten sie die Luke und es begann ein schwieriger Abstieg.

Unten angekommen sahen sie sich erst einmal genau um.

Heute hatten sie ihren Ermittlungskoffer dabei und jeder trug eine Stirnlampe, damit sie den Tunnel besser ausleuchten könnten.

So entdeckten sie verschiedene Tunneleingänge.

Die Gänge waren in den grauen Fels gehauen. Immer tiefer gingen sie in den Gang hinein. Es gab viele Hohlkammern.

Plötzlich öffnete sich der Gang und
sie befanden sich in einem
Vorratsgewölbe. Hier stand eine
kleine Truhe.

Das Vorhängeschloss ließ sich leicht
öffnen. In der Truhe befanden sich
alte Bücher und Alltagsgegenstände
wie sie in einer Klosterküche gebräuchlich waren.

Die drei waren enttäuscht, hatten sie doch gehofft,
einen Schatz zu finden.

Dann fiel Norbert wieder das Buch mit der Chiffre
ein. Sofort begann er nach den Büchern zu suchen,
holte eins nach dem anderen heraus. Es waren
Bücher mit der Klostergeschichte. Wo sollte er nur
anfangen? Er blies den Staub
ab und schlug einfach einmal
eins auf. Ein loses Blatt fiel
heraus. Hierauf waren
Buchstaben, Zahlen und
Wörter vermerkt. Doch es
fehlte der Schlüssel dazu.

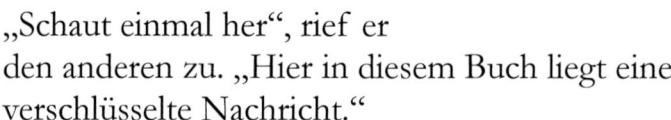

„Schaut einmal her", rief er
den anderen zu. „Hier in diesem Buch liegt eine
verschlüsselte Nachricht."

„Aber was haben wir von einer Chiffrenachricht ohne den passenden Schlüssel dazu?", fragte Florian.

„Leider nicht viel", gab Norbert zu. „Dann müssen wir einfach noch weiter suchen."

„Vielleicht in dem nächsten Buch?", fragte Christian hoffnungsvoll.

Und so nahmen sie das zweite Buch in die Hand.

Sie fanden jedoch keine weitere Nachricht.

„Ich nehme den Zettel und das Buch mit. Vielleicht finde ich etwas", meinte Norbert.

Sie gingen weiter und ein plötzlicher Lichteinfall verriet ihnen, dass sie wohl das Ende des Tunnels erreicht hatten. Sie kamen an eine Tür, die sich leicht öffnen ließ, ein Zeichen, dass diese Tür wohl oft benutzt wurde. Sie steckten eine Spielkarte zwischen die Zarge, um die Tür offen zu halten.

Draußen verbarg eine mit Efeu überwucherte Baumwurzel die Tür. Sie standen wohl in einem Innenhof, denn sie sahen eine hohe Mauer, aus dem gleichen grauen Fels. Während sie noch überlegten, ob sie wieder zurück in den Tunnel gehen sollten, sah Norbert aus den Augenwinkeln eine schwarze Gestalt vorüberhuschen, die sich vorsichtig umschaute, doch gleich wieder verschwand.

Leise sagte Norbert: „Da muss es noch einen weiteren Geheimgang geben. Last uns einmal dahinten nachschauen."

Verwundert schauten Florian und Christian zu Norbert. Was hatte dieser wieder entdeckt?

Sie schlichen lautlos auf die andere Seite, sich immer wieder umschauend, ob sie auch nicht beobachtet wurden.

So gelangten sie an eine weitere Tür, die sie öffneten. Diese Tür knarrte ein wenig und erschrocken hielten sie inne. Doch kein Laut drang zu ihnen.

Ein weiterer Geheimgang tat sich auf. Dieser führte sie wieder zu einer kleinen Tür. Doch daneben ging eine steile Treppe nach unten in einen kalten, feuchten Keller. An einem Wandhaken hing eine Petroleumlampe.

Norbert hatte immer Streichhölzer in seinen Hosentaschen und im Nu war der Raum in ein goldgelb flackerndes Licht getaucht.

Der Raum schien wie in den Fels gehauen. Hier stand ein großer Schrank. Der Schlüssel ließ sich leicht umdrehen und sie staunten nicht schlecht, als sie alte Kleidung sahen.

Sonst nichts…

Sie durchsuchten die Kleidung nach irgendwelchen Anzeichen…fanden aber nichts.

…aber wofür wurde sie verwendet?

Die Drei stiegen wieder die Stufen hinauf und öffneten die Tür, die sie in die Klosterkapelle führte.

So brauchten sie nicht wieder durch den Tunnel. Sie wussten jetzt schon von den verschiedenen Eingängen, die sie benutzen konnten.

Norbert, Florian und Christian würden am nächsten Tag wieder zu dem Kloster fahren, um zu ergründen, was wirklich dort unten geschah. Mit ihren Fahrrädern fuhren sie zurück in ihr Büro, wo Norbert seine Eindrücke aufschrieb und eine Skizze von den verschieden Eingängen fertigte.

Katrin und Jasmin standen plötzlich im Büro.

„Hi", sagten sie. „Was treibt ihr so in den Ferien?"

Norbert überlegte, ob er die Beiden einweihen sollte. Doch sie halfen ja auch schon im ersten Fall. Vielleicht würden sie auch dieses Mal helfen können.

Und so erzählte er ihnen von dem Ausflug mit den Eltern, von den verborgenen Tunneln und Geheimgängen, von den Geistern, die es da geben sollte.

„Toll, da machen wir mit", sagten beide spontan. Sie setzten sich alle um den Schreibtisch. Norbert nahm den Zettel und das Buch. Sie sahen Zahlen – 513 – dann lasen sie…G2 –

Norbert schlug die Seite 513 auf und sah erstaunt eine Skizze des Tunnels. G2 bedeutete demnach wohl Gang 2. Doch von welcher Seite aus. Der Tunnel bestand aus unzähligen Gängen und war von den unterschiedlichen Seiten aus zugänglich. Dann lasen sie das Wort Gefahr. Wo lauerte diese? War der Tunnel einsturzgefährdet? Fragen über Fragen, die sie nur im Tunnel selbst lösen konnten.

Am anderen Abend. Kurz vor Sonnenuntergang betraten sie die Kapelle, um von dort den Abstieg in die Höhle anzutreten.

„Mist!", entfuhr es Florian.

Plötzlich flackerte die Petroleumlampe an der Decke und es wurde für einen Augenblick stockfinster. Als es kurze Zeit wieder hell wurde, hielt Norbert einen großen, staubigen Schlüssel

in der Hand. Verwirrt schaute er sich um. Doch da war niemand. Er blies den Staub ab und suchte mit seinen Augen die Umgebung ab. Der Schlüssel musste zu einer alten Tür – vielleicht einer Grabkammer? - gehören. Doch er sah nichts. Es sah mit den ganzen Spinnweben und dem schummrigen Licht irgendwie unheimlich aus. Christian wandte sich angewidert ab.

„Ich finde es richtig unheimlich. Wie kam der Schlüssel plötzlich in Deine Hand. Wie kann er plötzlich aus dem Nichts auftauchen? Da stimmt doch etwas nicht", sagte Christian gereizt.

„Lasst uns nachdenken", erwiderte Norbert.

„Kurz zuvor ging das Licht aus. Genau in dem Moment lag der Schlüssel auch schon in meiner Hand. Also muss sich noch jemand in diesem Raum befinden."

Und wie auf Kommando flackerte die Lampe wieder und es wurde dunkel. Gleichzeitig hörten sie eilige Schritte, die sich schnell entfernten.

„Wer ist da?" rief Norbert mit fester Stimme.

Er bekam jedoch keine Antwort. Sie folgten den Schritten. Es gab jedoch so viele Nebengänge, dass sie die Spur nicht weiter verfolgen konnten.

Schlagartig wurde es wieder hell…

Sie stolperten über einen Rollkoffer. Wo kam der plötzlich her? Sie öffneten den Koffer und fanden einen alten Hut, eine Melone aus Filz, einen Mantel sowie Stiefel und einen Einkaufskorb. Wieso einen Einkaufskorb?

In einer Ecke des Koffers sahen sie etwas weißes blitzen, einen Papierbogen mit merkwürdigem Mustern und Zeichen darauf. Außerdem war da ein falsch zusammengesetztes Gesicht in einem

Sarg aufgezeichnet, der auf einem Teppich stand.
Die Hände der Mumie hingen über den
Kofferrand heraus.

Dann war da noch ein Brunnen aufgezeichnet.
Was hatte das alles zu bedeuten?

Das Licht wurde unheimlich grell…die Lady im
weißen Gewand erschien in dem Gewölbe. Sie kam
auf sie zu und sang wieder ihr Wiegenlied, mit
dem sie immer noch nach ihrem Sohn suchte. Sie
sah den Schlüssel, den Norbert noch immer in der
Hand hielt an, und erschrak. So schnell wie sie
gekommen war, verschwand sie auch wieder - nur
ihr Klagelied drang noch immer herüber.

Sie folgten ihr – und wussten doch nicht, in welche
Gefahr sie sich begaben…doch sie fanden sie
nicht…

Auffallend war die besondere Versteinerung des
Ganges, auf dem sie plötzlich standen. Bei
Grabungsarbeiten war wohl ein tiefer Schlitz durch
das Gelände gezogen. Es wurden etwa 1 ½ m
dicke Mauern der Kirche durchbrochen. Die im

Boden steckenden Mauerzüge wurden durch Terrassen angedeutet. Innerhalb der Mauern fanden sie eine Menge menschliche Gebeine. Die Skelette lagen von West nach Ost, den Kopf nach Osten gerichtet. Außer spärlichen Sargresten kamen früh mittelalterliche Scherben, eine zerbrochen Schere von alter Form und ein verzierter Messergriff zum Vorschein.

Sie wurden blass, denn der Anblick war wirklich schauderhaft. Dann atmeten sie tief durch.

Schweigend stiegen sie wieder die Treppe hinauf. Jeder hing seinen Gedanken nach. Draußen im Gras huschten Eidechsen über ihre Füße davon.

Und plötzlich sahen sie ihn…

Ihnen war es ziemlich mulmig.

„Wir haben zufällig diese Tür gesehen und wollten nur einmal sehen, wohin sie führt", stotterte Norbert.

„Wer sind Sie?"

„Ich bin der alte Gärtner und wohne dort drüben in einer Kellerwohnung", erwiderte er ungeduldig.

„Ich passe hier auf alles auf", erzählte er weiter und kam näher, als wenn er Angst hätte.

„Auf die Geister", wisperte er leise.

„Auf die Züge,

die nachts in den Gängen
fahren. Sie kommen und
verschwinden sofort wieder.
Nur die Geister fahren mit.
Sie wollen mich holen, doch
ich bin schlau. Ich schließe
mich ein und blase die Kerzen aus, damit kein
Licht heraus dringt."

Plötzlich sagte er: „Erzählt mir alles und woher wisst ihr davon?"

Auf einmal schrie er die Jungen an: „Kommt nie wieder hier in diese Tunnel. Es ist ein übler Ort."

„Warum?" fragte Norbert.

„Vor vielen Jahren ist dort etwas Schreckliches passiert. Nach einer Plünderung der unterirdischen Schatzkammer stürzten die Mauern ein. Die Gänge fielen ein. Danach wurden alle Höhleneingänge gesperrt und nie mehr benutzt. Es war einfach verboten.

Erst durch die Führungen ist alles wieder herausgekommen. Man sagt, dass es wieder einige Grabungen gibt, nach der eingestürzten Schatzkammer gegraben wird, aber niemand weiß genau, welche schreckliche Dinge dort unten wirklich geschehen. Es bringt Unglück, wenn ein Geisterzug kommt und ihr gerade dort seid. Sie würden euch mitnehmen."

Norbert lachte. „Jetzt haben Sie uns genug Angst gemacht. Ich jedenfalls glaube nicht daran."

„Ich verstecke mich, wenn so ein Zug kommt", erklärte der alte Mann entschieden und schrie sie wieder an, hob den Stock, sodass sie erschreckt zum Höhleneingang liefen.

„Haut ab, ich soll jeden wegjagen, der sich hier blicken lässt", schrie er unbeherrscht.

„Wir gehen ja schon, wir wollten Sie nicht stören, passen Sie nur weiterhin auf alles hier auf", beruhigte Norbert ihn.

Florian schauderte und wollte nur noch weg. Er war ganz blass.

„Lass uns verschwinden, ich habe Angst."

Christian fragte: „Was soll das alles bedeuten?
Geisterzüge und warum muss er darauf aufpassen?
Gehen wir einfach."

Auch Katrin und Jasmin überlegten, was das alles
zu bedeuten hatte. Ihnen war alles sehr unheimlich
und es gruselte sie.

Doch Norbert erklärte: „Ich möchte gerne so
einen Geisterzug sehen. Ich bleibe hier und
verstecke mich. Oder wir kommen heute Nacht
wieder her. Nur so zum Spaß. Ich glaube nicht an
Geisterzüge. Ich möchte wissen, was an der
Geschichte wahr ist. "

Sie gingen früh zu Bett, doch schlafen konnte
keiner, wussten sie doch nicht, wie sie sich aus dem
Haus stehlen sollten.

Leise schlichen sie sich, jeder aus seinem Zimmer,
und trafen sich vor ihrem Büro.

Hoffentlich hatten ihre Eltern nichts gemerkt,
denn sonst würde es ein großes Donnerwetter
geben und sie müssten alles erzählen, ehe sie noch
etwas wirklich Wichtiges gefunden hätten – und
dann…

dann…wäre der Spaß sofort vorbei.

Sie fuhren wieder zu den Höhleneingängen, legten die Baumwurzel frei. Mit Taschenlampen bewaffnet stiegen sie die steile Treppe wieder hinab.

„Autsch", schrie Florian auf, „ ich habe mir den Knöchel verstaucht."

Er war die letzten zwei Stufen abgerutscht.

„Wo der Tunnel wohl hinführt?" fragte sich Norbert.

„Mir gefällt das alles nicht", bemerkte Florian.

Sie hörten es sofort…das Heulen. Es pfiff, es ratterte und klapperte.

Der alte Gärtner hatte kein Licht, das hatten sie gesehen. Plötzlich hörten sie ein Rumpeln und Rattern. Sie versteckten sich in einer Nische und schon fuhr der Zug vorbei. Die Geister grölten und tranken aus der Flasche. Was? Sie konnten es nicht erkennen. Doch womit war der Zug sonst noch beladen???

„Kehren wir für heute um und gehen schlafen", sage Norbert.

„Hoffentlich haben unsere Eltern nichts gemerkt. Wir haben den Zug ja jetzt gesehen. Morgen werden wir überlegen, warum er fährt und womit er sonst noch beladen ist."

Sie stolperten zurück nach Hause. Aufgedreht und trotzdem müde.

Am anderen Tag saßen alle im Büro.

Katrin sagte: „Warum haben wir die Geister gesehen, das Grölen gehört, aber keine Schienen für den Zug? Was passiert da wirklich? Ich denke, wir sollten nur von etwas anderem abgelenkt werden. Aber von was?"

Norbert saß auf seinem Stuhl und verschränkte die Arme hinter seinem Kopf. In der Lage konnte er am besten nachdenken.

„Richtig", sagte er, „irgendetwas ist da nicht in Ordnung. Sie legen eine falsche Spur, um uns in die Irre zu führen. Sie müssen gemerkt haben, dass wir ihrem Geheimnis auf der Spur sind."

Und Jasmin überlegte laut: „Wir haben jetzt schon so viele Eingänge gefunden, dass jeder in einen hineingehen sollte. Die Gänge führen doch sicher alle sternförmig zu einer großen Höhle."

Alle beugten sich über die Skizze, die Norbert angefertigt hatte.

Er schrieb noch den Tag und die Uhrzeit dazu.

„Ja, das macht Sinn", erklärte auch Florian.

„Was wissen wir konkret?", überlegte Norbert laut und legte Papier und Stift auf den Tisch.

„Es gibt viele unterschiedliche unterirdische Tunnelgänge, in denen nach der Aussage des Gärtners wieder Grabungen vorgenommen werden, um eine Schatzkammer zu finden, die vor vielen Jahren eingestürzt war. Ablenkungsmanöver: die Geister…, aber wer steckt dahinter und was liegt noch in der Schatzkammer?"

Und so überlegten sie sich gemeinsam den weiteren Verlauf ihrer Recherche. Sie redeten, verwarfen, machten Notizen. Doch sie kamen im Augenblick zu keinem Ergebnis…

Norbert beschloss, noch einmal ohne seine Freunde zu den Tunneln zu gehen, doch was er dann erlebte…

Das Pferd wieherte leise, als Norbert den Stall betrat. Er bahnte sich auf leisen Sohlen einen Weg, dann öffnete er die Falltür und stieg die Stufen hinab. Er markierte seinen Weg mit Kreide und hinterließ seine Spur mittels eines Kreuzes. Dann hörte er ein Geräusch und verlangsamte seinen Schritt.

Vor sich sah Norbert zwei Männer. Er konnte erkennen, dass die Männer eine große schwere Kiste gemeinsam trugen. Im Schutz der Dunkelheit des Tunnels folgte er ihnen. Er wusste, es konnte nicht mit rechten Dingen zu gehen und er hätte gerne gewusst, was in der Kiste war und wohin die beiden Männer sie trugen.

Er markierte weiterhin seinen Weg mit Kreide, damit seine Freunde wussten, welchen Weg er eingeschlagen hatte.

…doch plötzlich

erschrak Norbert fürchterlich, der Geisterzug kam heulend und ratternd auf ihn zu.

Die Männer blieben stehen, ein Alarm wurde ausgelöst. Hatten sie ihn etwa dadurch bemerkt? ...bemerkt, dass ihnen jemand folgte?

„Wer ist da?" rief einer von ihnen und auch der andere versuchte sich umzudrehen, denn er hielt immer noch einen Griff der Kiste umklammert.

Norbert atmete fast nicht mehr, doch der Mann kam den Gang zurück und sah ihn. Im gleichen Augenblick, wie Norbert fortlaufen wollte, packte ihn der Mann grob an der Schulter und riss ihn zu sich herum.

„Nur Frechheit siegt jetzt noch", dachte Norbert.

„Na, wen haben wir denn da?", fragte der Mann.

Er hielt ihn fest und zerrte ihn ein Stück weiter in den Tunnel, der sich zu einer Höhle ausweitete. Beide knipsten ihre Taschenlampen an und dadurch wurde die Höhle erhellt und Norbert sah an der großen Truhe, dass er mit seinen Freunden schon einmal in dieser Höhle war. Doch jetzt stand auch noch ein Tisch mit zwei Stühlen dort. Ein Zeichen, dass sich die beiden Männer öfter hier aufhielten.

Einer der Männer war groß, hatte breite Schultern, graue Haare und trug einen Vollbart. Seine braunen Augen blitzten gefährlich. Der andere war wohl etwas jünger. Er hatte blondes Haar, das er etwas länger trug und zu einem Pferdeschwanz zusammengebunden hatte. Sie strahlten Feindseligkeit aus.

Norbert wurde es nun doch ein wenig mulmig. Doch seine Freunde würden ihn finden, wenn sie den Kreidemarkierungen folgten.

„Wer bist du und was tust du hier?", fragte der Ältere.

Er hielt die Taschenlampe so auf Norbert gerichtet, dass dieser blinzeln musste. Norbert räusperte sich.

„Ich heiße Norbert", antwortete er freundlich „und ich interessiere mich für Tunnel. Bei einer Führung bin ich darauf gestoßen und wollte einfach einmal sehen, wie es unter dem Pferdestall aussieht."

„So, so", erwiderte der andere. „Du bist also nur zufällig hier? Wissen Deine Eltern wo du bist?"

Lauernd sah er Norbert an.

Norbert setzte sein berühmtes, unwiderstehliches Lächeln ein, dem niemand widerstehen konnte. Doch noch immer hatte er keine Ahnung, wer die beiden waren, was in der Kiste war und was sie mit ihm vorhatten.

„Und das ist die Wahrheit?", fragten beide, wie aus einem Munde.

Norbert überlegt fieberhaft, doch er beschloss, bei dieser Antwort zu bleiben und so zu tun, als kenne er bis jetzt nur diesen einen Tunnelgang. Sie dürften auf keinen Fall Verdacht schöpfen. Offenbar hatten die beiden Männer beschlossen, diese Theorie zu glauben.

„Doch wie auch immer, es war eine schlechte Idee hier unten entlang zu laufen", murmelte der eine und der andere nickte bekräftigend. Offenbar wussten sie nicht so recht, was sie jetzt mit ihm anfangen sollten. Sie glaubten, wenn sie ihn jetzt gehen ließen, würde er von dem Geheimgang erzählen.

„Du musst im Augenblick einfach bei uns bleiben", entschied der Ältere

Norbert bekam doch nun Angst, sein Herz schlug unruhig. Was würden sie mit ihm anstellen? Er hatte nichts aus dem Notfallkoffer oder sonstige

Utensilien bei sich, die sie sonst bei einem Fall dabei hatten.

Dann überlegte er. Seine Freunde würden ihn suchen, denn auch sie kannten die Tunnel. Doch wann würden sie ihn vermissen? Er verwünschte seinen Alleingang. Aber jetzt war es dafür zu spät.

„Wir müssen Dich leider bis morgen hier behalten, dann sind wir wieder weg und Du wirst hoffentlich gefunden", bemerkte einer der Beiden grinsend.

Norbert war sicher, dass es hier keinen Fluchtweg gab. Zögernd stieg er die Stufen hinunter in eine weitere Höhle. Von dieser Falltür wussten sie nichts. Langsam wuchs seine Angst, nicht gefunden zu werden, doch er wusste, dass er bewusst atmen musste, damit er keine Panikattacke bekommen würde. Er setzte sich auf den kalten Boden, lehnte sich mit angezogenen Beinen an die Steinwand, legte den Kopf auf die Knie und…überlegte.

Wieviel Zeit war wohl inzwischen vergangen? Minuten, Stunden. Norbert wusste es nicht. Er wusste nur, dass er etwas unternehmen musste. Etwas mühsam stand er auf, denn die Kälte hatte seine Beine steif werden lassen. Er machte ein paar Übungen zur Lockerung seiner Muskeln.

Dann tastete er sich an der Steinwand entlang, um etwa die Größe der Höhle ausrechnen zu können. Sein Handy hatte hier unten keinen Empfang und auch kein Licht mehr, und seine Taschenlampe hatte er nicht bei sich. Doch dann fielen ihm seine Streichhölzer ein. Er musste sorgfältig mit den vorhandenen Streichhölzern umgehen. Lauschend hob er den Kopf, doch er hörte nichts. Langsam riss er ein Streichholz an, um sich zu orientieren. Er sah im kurzen Aufflackern weitere Truhen. Was mochte wohl darin sein? Er konnte natürlich immer noch nicht viel sehen, doch seine Augen gewöhnten sich an die Dunkelheit. Er hob den Deckel der ersten Truhe hoch. Er fühlte eine Wolldecke, dann tastete er weiter. Es fühlte sich wie eine Figur an. Norbert erinnerte sich an ein Ereignis vor längerer Zeit. Da war die Statue der Mutter Gottes aus dem Kloster gestohlen worden. Dann war in den anderen Truhen wohl auch gestohlenes aus der Kirche, Gemälde, Kelche Messgeschirr? Das wäre ja wohl ein unschätzbarer Schatz, der er da gefunden hatte. Schnell schloss er den Deckel wieder.

Gerade noch früh genug. Er hörte über sich Schritte und dann ein undeutliches Murmeln.

Schnell setzte er sich wieder an die Steinwand und legte den Kopf auf seine Knie.

Anton, so hieß der Jüngere der Beiden, stieg die Treppe hinunter.

„Es tut mir leid, dass wir Dich hier unten einsperren müssen", sagte er zu Norbert, „bis wir unser Geschäft abgeschlossen haben. Ich habe Dir etwas zu essen und trinken mitgebracht und eine Decke, die Dich ein wenig wärmt."

Sprach´s und stieg wieder die Treppe hoch.

Norbert hörte den Geisterzug und plötzlich über ihm eine dritte Stimme. Also war noch ein Komplize angekommen. Doch warum hörte er vorher den Geisterzug? Das würde er herausfinden müssen. Sein Superhirn vollführte regelrechte Sprünge, doch im Augenblick konnte er sich keinen Reim darauf machen. Es musste so etwas wie ein Signal sein, wenn sich jemand näherte, denn dadurch wurde er ja auch erkannt. Er zermarterte sich sein Superhirn.

Er hörte wie der Neuankömmling zuerst wütend war, dass sich ein Junge in dem Gewölbekeller befand und er sagte mit zorniger Stimme:

„Nun müssen wir uns beeilen, denn der Junge wird sicherlich vermisst und gesucht. Ich hoffe nur, dass er wirklich allein war, denn sonst müssten wir ihn hierlassen oder mitnehmen, damit er uns nicht verraten kann. Wir müssen ihn in eine andere Höhle bringen, damit wir die Schätze abtransportieren können. Außerdem müssen wir den Zugang vom Pferdestall schließen."

Nun wusste Norbert, dass er alles versuchen musste, um aus dieser Höhle zu verschwinden.

Und seine Freunde…sie suchten ihn mittlerweile überall…zu Hause und auch im Büro…doch keine Spur, keine Nachricht…nichts verriet ihnen, wo er stecken konnte.

Sie saßen zusammen im Büro und überlegten, dass er wohl wieder einen Alleingang gestartet hatte und im Tunnel zu finden wäre…doch in welchem? Es gab ja verschiedene Eingänge, wie sie herausgefunden hatten. Sie nahmen sich noch einmal die Skizze vor. Dann beschlossen sie, jeder würde einen Eingang nehmen, um Norbert zu suchen. Den Pferdestall sparten sie jedoch aus, damit das Pferd sie nicht durch sein Wiehern verraten konnte. Sie würden ihr mobiles

Warnsystem mitnehmen, damit sie sich untereinander verständigen konnten. So würde es gehen, so würden sie Norbert schnell finden können.

Während seine Freunde noch ihre Vorbereitungen trafen, wusste Norbert, er musste sich etwas einfallen lassen.

Er tastete die Wände langsam ab und siehe da, auf einmal bewegte sich ein Stein. Er drückte fester, doch nichts geschah. Er wusste, er durfte nicht aufgeben und probierte es ein Stückchen weiter noch einmal, diesmal gleich ein wenig fester.

Plötzlich öffnete sich ein Spalt, genau so weit, um ihn durchzulassen. Er befand sich in einer weiteren Höhle. Er musste schnell den Spalt wieder verschließen. Es war schwer, ihn wieder zurück zu bewegen, doch plötzlich machte es „Klick" und die Wand war wieder verschlossen. Norbert konnte sich nur kriechend weiter bewegen. Die Decke war sehr niedrig und der Boden glitschig und rutschig. Die Höhle öffnete sich zu einem weiteren Tunnel und Norbert konnte wieder aufrecht weiter laufen. Norbert wusste, er musste sich beeilen, wenn er nicht entdeckt werden wollte. Der Tunnel erschien ihm endlos zu sein. Es war stockdunkel hier und er konnte kaum atmen, so stickig war es. Schnell lief er weiter. Er hatte jedes Zeitgefühl verloren. Da sah er einen Lichtschein. Was war es wohl? Wo würde er wohl aus diesem Tunnel herauskommen? Ein leichter Lufthauch streifte ihn. Er kam an eine Stelle, wo sich ein zweiter Tunnel zu seinem gesellte. Er würde später nachschauen, woher der zweite Gang kam, jetzt musste er erst einmal sehen, dass er heraus kam, ohne entdeckt zu werden. Und so lief er schnell weiter und kam dem Licht und der Luft

immer ein wenig näher. Und nun sah er auch, dass er an dem, von einer Wurzel versteckten Eingang herauskommen würde. Vorsichtig bahnte sich

Norbert einen Weg durch das Gestrüpp, spähte zu allen Seiten.

Dann lief er, sich immer wieder sichernd umschauend, zu seinem Fahrrad und fuhr zu ihrem Büro, in der Hoffnung, seine Freunde dort vorzufinden.

Es war eine stürmische und überaus freudige Begrüßung. Sie konnten es kaum glauben, Norbert wieder zu sehen.

„Was ist passiert?" fragten sie alle gleichzeitig und mussten schließlich lachen. Die Erleichterung stand allen im Gesicht.

Schnell erklärte Norbert, was er erlebt hatte. Ja, er war mutig gewesen, doch er hatte auch viel Glück, dass er sich selbst befreien konnte.

„Das war bestimmt aufregend", sagte Florian.

„Oh ja, das war es", stimmte Norbert ihnen zu, „doch ich hatte auch entsetzliche Angst, das etwas schief gehen könnte."

„Zum Glück hat alles geklappt", meinte auch Jasmin.

„Jetzt müssen wir aber endlich die Polizei verständigen, sonst sind die Diebe mit der Beute verschwunden. Wir können ja alle zusammen hingehen, dann brauche ich nicht alles zweimal erzählen", grinste Norbert.

Zusammen gingen sie zur Polizei und betraten das Gebäude.

Manfred Börner und Peter Bauer saßen an ihren Schreibtischen und fragten verblüfft:

„Was können wir für Euch tun?"

„Sie können drei Diebe mit Kirchenrequisiten verhaften. Sie sitzen unten in der Tunnelhöhle und wollen gerade mit ihrer Beute verschwinden, " erklärte Norbert eifrig.

Verwirrt schauten sie Norbert an. „Wehn sollen wir verhaften?"

Norbert erzählte, wie er im Tunnel von den Dieben überrascht und gefangen genommen worden war.

Das Erstaunen der beiden Kommissare wurde immer größer, als sie die unglaubliche Geschichte hörten.

„Ja, wir suchen eine Bande, die wertvolle Kirchenrequisiten gestohlen haben. Und die Diebe sitzen in der Tunnelhöhle?", fragte Manfred Börner staunend.

„Also ein Abenteuer hast Du ja nun wirklich erlebt", bemerkte Manfred.

Peter hatte bereits zum Funkgerät gegriffen, um Verstärkung anzufordern. Er sprach ein paar Worte ins Gerät und wandte sich dann wieder Norbert zu.

„Meine Kollegen werden gleich zurück sein, dann können wir aufbrechen", erklärte er.

„Es ist wirklich kaum zu glauben", sagte auch Peter Bauer noch einmal.

Norbert gab ihnen eine Skizze von den verschiedenen Tunneleingängen.

„Können wir mitkommen?", fragte Norbert.

„Nein, das halte ich für keine gute Idee", erklärte Manfred, „doch Du warst sehr mutig."

Norbert war stolz auf die lobenden Worte des Kommissars.

Ja, die Polizei würde den Rest erledigen, da war er sich sicher.

Doch sie wollten der Verhaftung beiwohnen und schlichen sich in die Nähe des Pferdestalls.

Es dauerte nicht lange, bis die Polizisten die Drei gefunden hatten. Diese hatten noch keine Gelegenheit ihr Diebesgut ab zu transportieren.

Norbert ging also mit seinen Freunden zurück in ihr Büro, um alles aufzuschreiben, Skizzen zu zeichnen und ihre Protokolle von den Dieben anzulegen.

Kurze Zeit später läutete das Telefon und Manfred bat die Freunde nochmal ins Polizeirevier, um dort die Protokolle zu unterschreiben.

Manfred Börner berichtete, dass sie die Diebe mit samt den gestohlenen Requisiten gefangen hatten. Die Diebe hatten die Truhen mit wertvollen Statuten, Kelchen, Kirchenrequisiten und auch vielen Dingen, die sie in anderen Kirchen gestohlen hatten, gefüllt und wollten sie mit einem Transporter, der versteckt auf dem Gelände des Gestüts versteckt war, abtransportieren.

Er berichtete auch von der Kontaktschleife, die den Geisterzug herbei rief, sobald Gefahr drohte.

Die Kontaktschleife an der Wand und auf dem Boden – hin zu der anderen Wandseite – löste bei einer Berührung ein Stampfen des Geisterzuges aus und das Grölen war zu hören, Auf der gegenüberliegenden Steinwand wurde ein Film reflektiert. So entstand die Illusion des Geisterzuges, der vorbei fährt und dieses ließ den Gärtner vor Angst unter das Bett kriechen und das Licht löschen.

Natürlich erfuhren auch Norberts Eltern von dem Fall. Und so musste Norbert noch einmal seine Erlebnisse erzählen.

„Euch kann man auch wirklich nicht aus den Augen lassen", stellte Norberts Mutter Inge fest und drückte Norbert fest an sich, was sich dieser ausnahmsweise einmal gefallen ließ und schaute seine Mutter mit seinem berühmt, berüchtigten Lächeln an.

„Ja", sagte sein Vater Bruno schmunzelnd, „was sich so alles aus einem Ausflug entwickeln kann", und fuhr seinem Sohn liebevoll durchs Haar.

Sie saßen wieder einmal in ihrem Büro und
Norbert schrieb den Fall genau auf…für die
Chronik ihres Büros. Es war ihr erster Fall und sie
aßen Erdbeerkuchen, den ihre Mutter gebacken
hatte. Die Erdbeeren stammten aus ihrem Garten
im Gütle.

„Also, ich hätte wirklich nicht gedacht, dass Du so
ein spannendes Abenteuer erleben würdest", sagte
Florian ein wenig neidisch zu seinem Bruder. „Wir
waren gerade auf dem Weg zu den Tunneln, um
Dich zu suchen. Ich hoffe, auch wir anderen
werden einmal so ein spannendes Abenteuer
erleben", meinte er mit vollgestopften Backen und
sah aus dem Fenster in den Garten mit all den
Obstbäumen und dem Bach.

„Wie ich schon sagte, ich hatte jede Menge Glück",
meinte Norbert bescheiden.

„Ein Abenteuer ist erst ein Abenteuer, wenn es
vorbei ist", sagte er und biss noch einmal kräftig in
sein Kuchenstück.

„Doch wir wollen doch sicher noch einmal alle
zusammen in den Tunnel. Mich würde die
Kontaktschleife interessieren, " meinte Norbert.

Und natürlich gab es ja da noch das Rätsel mit der Chiffre aus dem Buch und was wollte die Frau im weißen Gewand ihnen erzählen und warum erschrak sie so über den Schlüssel, der plötzlich in Norberts Hand lag?

Fragen, über Fragen….. die der Club F C N noch lösen muss…

Norbert und seine Freunde waren stolz auf ihren ersten großen Fall.

Anhang

Karin Goller lebt und arbeitet im Großen Lautertal – auf der Schwäbischen Alb.

Hier sind auch zum größten Teil die Ideen zu ihren Büchern entstanden.

Mein Dank gilt meinem Mann, der mir immer den Rücken freigehalten hat, damit ich meine Gedanken aufschreiben konnte.

Ähnlichkeiten mit lebenden und Verstorbenen Personen und Gegenden sind rein zufällig.

Autorin: Karin Goller www.karin-goller.eu

Cover-Bild

Fotograf: www.photographybyreinermueller.com

Marketing: E.MG

Quellennachweis:

Eigene Gedanken. Ideen und Erlebnisse auf Schauplätzen der Schwäbischen Alb

Norbert - Bücher im Überblick:

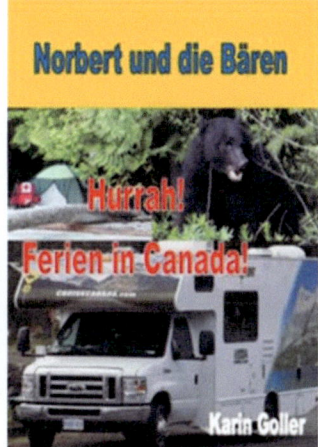